U0106335

10分鐘 短篇故事集

我講的故事 都是真的？

慈琪 著　　王笑笑 繪

新雅文化事業有限公司
www.sunya.com.hk

contents

目 錄

第一輯
謊話小屋

第二輯
墨水屋

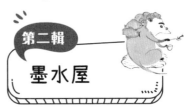

第三輯

做客須知

第四輯

奇境選修課

作者的話

 對故事集的五種描述

哲學：我對世界的理解一直不是很深，對人類的理解稍微深一點，對自己的理解更深一點。但到目前為止，我獲得的知識中充滿了錯覺。我給它們分類、定義，寫無從印證的論文，整理成現在這樣一本短篇故事集。

博物學：僅有灰塵、板凳、草履蟲的小小一間屋子，在過去的二十多年裏，慢慢變成帶院子的大海，山丘上永恆不停地跑過不知名的動物，太陽的影子掛在所有的星星上。

能量守恆定律：這本書裏充滿了無用、不真實卻有趣的故事，但它們將在被人閱讀的過程中，變成另外一些看不見的真實。這種事情常常發生。

玄學：故事集是一種讓人心情愉快的書。

兒童教育：我不想用這些故事教育孩子。教育孩子的責任沒法讓一本可憐的、單薄的故事集來獨立承擔，真實生活裏的怪獸早就爭先恐後地衝上來了。孩子，你不能躲在我的身後，我並不比你強壯或聰明。鼓起勇氣吧，我們並肩作戰。

第一輯

謊話小屋

謊話小屋

　　有一座小屋，裏面漂亮極了，還有很多好吃的。但是只有說謊話才能進去。

　　放羊的孩子來了，不假思索地說：「狼來了！」

　　門開了。

　　胖小豬來了，哼哼地說：「我不愛吃東西！」

門開了。

大尾巴貓來了，喵喵地說：「我以後再也不抓麻雀了！」

門開了。

很兇很兇的妖怪來了，想了半天，小聲說：「我討厭人類！」

門開了，妖怪紅着臉走進來，放羊的孩子高興地抱了抱他。妖怪聽到小豬和貓都在笑他，不好意思地逃出了小屋。

07

樹的藥店

    樹生病的時候，須要打針吃藥。小樹都害怕打針，於是爸爸媽媽就帶小樹去了藥店。

    「孩子怎麼啦？」樹店員笑瞇瞇地問。

    「有點發燒，掉葉子掉得厲害。」

    「喔，感冒了，」店員從藥櫃裏取出一個籠子，「得用感冒啄木鳥。」

    感冒啄木鳥跳到小樹身上，「咚咚咚」地把感冒病毒啄出來吃掉了。

    小樹摸着屁股大哭：「爸爸騙人，這明明是打針！」

沒有價值觀念的小岩漿怪

又到了下山覓食的日子，沉睡的岩漿怪紛紛醒來，衝進山谷，席捲農莊與宮殿。

一隻年紀很小的岩漿怪和家人走散了。他來到一間小茅屋前，看見一個人類孩子在津津有味地吃芝士，小岩漿怪饞了起來，進去端走了整盤芝士。這一天，他搶劫了二十個號啕大哭的孩子，帶着糖果和糕點滿載而歸。

其他岩漿怪正在山溝裏休息，這些強盜轟隆隆地笑着，炫耀戰利品。小岩漿怪剛露面，就遭到了大家的笑話。

「看啊，他撿了一堆沒用的東西回來！」

「這些東西能吃飽嗎？一進喉嚨就化成煙了吧！」

小岩漿怪又羞又氣，哥哥在他眼前拋起一枚金幣，說：「小蠢貨，金銀珠寶才是最珍貴的，花里胡哨的人類食物管什麼用？銀子滾燙地喝進肚子，那味道別提多美了。唉，看你這可憐樣子。別哭了，拿去，這些舊金幣又鬆又脆，好吃極了。吃完了可別向我要啦。」

家庭教師

～～～～

　　每一百個孩子裏，就有三五個完全不適合待在學校。今年休學的小朋友有貓頭鷹、小鼴鼠、小河豚和棒棒糖。除了小河豚脾氣太壞，沒人管得了，其餘三個孩子都找到了家庭教師。

　　貓頭鷹休學的原因是學校作息時間太離譜。居然是從早上七點上課到晚上七點！還讓不讓人睡覺啦？他氣憤地跟着家庭教師螢火蟲，開始了夜讀的生活。

　　小鼴鼠反應遲鈍、沉默寡言，學校老師都不喜歡他。爸爸媽媽也為他請了家庭教師，可那位先生花了好久都沒找到學生住哪兒。無聊的小鼴鼠坐在地底，一爪一爪挖出了一座池塘大的地下宮殿。他坐在空蕩的大廳裏頭，突然覺得，自己其實根本不需要老師啊。

　　與此同時，小鼴鼠迷路的老師走得飢腸轆轆，無意中撿到一根棒棒糖，立刻吃掉了，幸福地舔舔嘴巴：「真甜！」

　　遠處的太妃糖老師默默點了點頭。新學生圓滿畢業了，成績優秀。

普通的兔子

我是一隻兔子，小朋友都愛聽兔子的故事。這就是你讓爸爸買下我的原因。

可是很抱歉，我是一隻普通的兔子。

我愛死紅蘿蔔了。

——把薯條拿走，謝謝。

我是一隻普通的兔子，所以我不喜歡耳朵打結。

——把橡皮筋拿走，謝謝。

我是一隻普通的兔子，我跑得很快，但你不能抱着那麼大的希望把我放在一條狼狗面前，等着我一溜煙跑得沒影，同時讓大狼狗追得摔跤、打滾、掉進污水渠。動畫片裏的兔子是很神奇，沒錯，但大部分時候是因為狗狗太笨。

——請、請把這條狗牽走，謝謝。

我不是乘着小傘來到這世界上的。我不是一隻聰明幸運的兔子，我媽媽生下的每一個寶寶，都會像我這樣被裝在籠子裏，賣給像你這樣的小孩。請不要拚命地想讓我做偉大的事情。

我唯一能做的，只是當你坐在地上哇哇大哭的時候，膽怯地、慢慢地跳過去，碰一碰你的手指頭。

13

收養捕獸夾

>>>>> <<<<<

我在樹林裏散步的時候，突然踩着了一個堅硬的東西。同時那東西悶哼了一聲。

「抱歉！請問我踩到什麼了？」

「嗚嚕嗚嚕……」

我急忙抬起腳，一個捕獸夾正吃力地活動着腮頰。

「你踩到我的舌頭了，我費了好大力氣才控制住自己，沒咬斷你的腳腕。」

「實在感謝，你是個好夾子。」

「是嗎？」捕獸夾歪着頭想了想，「我主人說，會咬的才是好夾子。我最好咬到一頭熊。」

「這的確是捕獸夾應當做的，但老實說，我並不喜歡這種事情。」

「我也一樣，自從主人把我放在這裏以來，我一直在練習——」

「練習什麼？」

「如何在舌頭被踩到時不合上嘴巴，以免咬傷可憐的動物和路人。」

我油然生出敬佩之情：「你知道嗎，如果你不喜歡這個工作，我可以帶你回家，做做晾衣夾什麼的。」

　　捕獸夾沉默了一會兒。

　　「你願意嗎？」我追問道。

　　「不，不，你看不出來嗎？」捕獸夾難過地回答，「我剛剛欺騙了你，我是一個壞掉的夾子，每一個關節都生滿了鏽！」

　　「看出來了。」我說，「事實上，我家的小倉鼠正缺一塊跳板，一個壞掉的捕獸夾是再好不過的玩伴了。」

口渴的飲管

有支飲管被用來喝橙汁，飲管覺得味道蠻不錯。可橙汁咕嘟咕嘟全跑到別人嘴裏去了，飲管感到空虛而失落。很快，紙杯空了，飲管跟紙杯都被扔進了游泳池。狂歡的人羣散去了。

飲管漂在池子裏，水從身體中流過來、流過去。漂白粉的味道實在不好，飲管有點想吐，而且越來越口渴。

一條小金毛犬跑到池邊，伸出爪子將飲管抓拉上來，叼着跑出大門，到海灘玩耍去了。海風嗚嗚吹過，一不小心，飲管就輕飄飄地滾上了浪尖，「嘩——啦——啦——」

「呸、呸！」

飲管好想哭，在又苦又鹹的海水裏，實在是口渴得要命！

心情不好的兔子

〰〰〰 〰〰〰

　　兔子今天心情很不好，他在門口挖了顆馬鈴薯，記下自己的壞心情，重新埋到土裏，感覺愉快多了。

　　地鼠挖地道時遇到了這顆馬鈴薯，讀了一遍，兔子的壞心情傳給了他。怎麼辦呢？他鑽出地面，把壞心情刻在一段隆起的樹根上，頓時渾身輕鬆，挖開泥土走了。

　　刺蝟散步時走到樹根邊，拄着手杖看了一會兒，難過得渾身發癢。他扔掉手杖，跑到草地上打滾，印了一地的壞心情。風吹過的時候帶走了它們，在樹林裏竄來竄去，每棵樹、每個山坡都掛滿了壞心情。

　　而這時，心情變好的兔子蹦蹦跳跳出了門。他走過草地和樹林，越過河流與山坡，到處都是壞心情！兔子越走越生氣，撲通一下跳進樹洞，再也不出來了。

一個冬天

向日葵通常長在太陽底下，每天跟着太陽東張西望。

有一顆向日葵種子，不小心落到牆角的背陰處，等她冒出芽的時候，看見自己的處境，感到十分悲哀。

「努力長高吧！」她想，「上面不是有陽光嗎？」

可不幸的是，在她努力長高的時候，有個人在旁邊搭了個紙板棚，為流浪貓過冬做準備。那棚子恰好把陽光射進來的部分擋住了，斷絕了向日葵唯一的希望。向日葵憤怒地用葉片拍打着紙板棚，可除了打落了一片葉子，什麼都沒改變。向日葵垂頭喪氣地靠着牆，一點生長的動力都沒有了。

初冬的時候，一隻貓溜進紙板棚住了下來。貓有明亮的金黃色瞳孔，偶爾注視着小植物時，向日葵渾身會湧起一股暖流，感到奇怪又親切。但貓不經常待在紙板棚裏，總是兩三天才來一次。向日葵開始頻繁地想念貓。

天氣越來越冷了，如向日葵所願，貓常常在棚中不出去。貓的身體餓得消瘦，肚子卻隆起來，像一個溫暖雪白的毛絨球。向日葵驚奇地看着貓的變化，想：「貓也缺少

陽光，長得很差。」

　　最冷的那個晚上，貓生了一窩小貓。向日葵透過紙板棚的縫隙窺視他們，驚奇地想：「這些蠕動的小種子多麼脆弱、多麼可愛啊！」

　　小貓喵喵地叫了一個晚上。第二天一早，向日葵醒來，覺得身上暖洋洋的，她大吃一驚，發現紙板棚被拆掉了，太陽正笑盈盈地望着她。

　　向日葵很慌張。「貓去哪兒了？那些小種子去哪兒了？」陽光正忙着照料她營養不良的泛黃葉片，沒有回答。

　　「他們去哪兒了？」向日葵抬頭問牆上的窗戶。窗戶關得緊緊的，沒有回答。

　　向日葵垂着頭，黑色的眼淚沉甸甸地掉在地上。這時窗戶開了，一個小男孩探出頭來，看見了她：

　　「媽媽，這棵向日葵為什麼垂着腦袋啊？」

　　他的媽媽漫不經心地看了一眼：「哦，它成熟了。」

存一根紅蘿蔔

~~~~⟫⟫⟫ ⟪⟪⟪~~~~

　　行長站在新開業的銀行門口，熱情地宣布：「我們是最可靠的服務人員，請大家相信我們，支持我們，放心地讓我們保管您的財產，您可以按月來收取利息！」

　　一隻兔子問他：「我能讓你們保管一根紅蘿蔔嗎？」

　　大家認真地望着行長，行長只好回答：「當然可以。」

　　第二個月，兔子來取利息，行長想了想，讓員工拿出一片菜葉，兔子高興地回去了。

　　第三個月，兔子又來了。行長想了想，掏出一顆豆子。兔子高興地回去了。

　　但行長不高興了，這樣很吃虧啊，而且一根紅蘿蔔放在那兒有什麼用呢？只會白白壞掉。於是兔子第三次來的時候，行長難過地取出紅蘿蔔，說：

　　「銀行經營不善，沒辦法付利息了。這是您的財產，請收好。」

　　兔子愣了一下，友好地說：「還是繼續放在你這兒吧，我不要利息了。銀行是個很有意思的東西，請繼續加油啊！」

說完，兔子一蹦一跳地離開了。

　　行長拿着紅蘿蔔，不知所措地回到辦公室。他想起自己騙了兔子，有點兒愧疚，但很快又高興起來，抓起紅蘿蔔和小鐵鏟，向院子裏跑去。

　　他知道下次可以發什麼利息給兔子了！

烏雲郵差

大海很久沒有收到湖泊的信了。那些活蹦亂跳的信、閃閃發光的信，怎麼還沒有來啊？

一個濕潤的午後，天空中飄來一羣陰沉沉的郵差，氣喘吁吁、粗聲粗氣地吼着：「收信，收信！」大海還沒反應過來，大片大片銀光閃閃的信，就從灰黑色的口袋裏傾瀉而下。

「哇啊啊，好多信，都是給我的嗎？」

大海高興地伸出無數雪白的小手，接住每一封涼絲絲的信，嘩啦嘩啦地拆開。

「大海兄，見字如面。很久沒有聯繫，天氣乾燥，我那邊的小河全都斷流了。我攢了許多可愛的魚兒和各式各樣的樹枝，都只能堆在湖裏。幸好今天有幾朵雲路過，我趕緊請他們帶了些信，跟你說說陸地上最近發生的事情。」

「北方的熊建立了一座新城市。」

「獅子學會捕捉獵人了。」

「天山上開了許多雪蓮花，天池花瀑布為我送來幾朵，可惜河水斷流，沒法送給你了。」

……

「對不起，今天就寫到這裏吧，雲朵已經黑着臉瞪我啦。祝你每一天都清澈蔚藍！」

雨停了，陽光下的海水清澈蔚藍。大海也一封一封讀完了信，心滿意足。

接下來，怎樣給湖泊回信呢？

壞脾氣公主

～～～～～

　　國王的小公主脾氣十分暴躁，讓宮裏的人吃盡了苦頭。國王懸賞一千個金幣，請智者治癒公主的壞脾氣。

　　做魔藥的人來了，他向國王展示了九十九種魔藥，裝在漂亮的長頸瓶裏，有的能讓夏天的花一直開到冬天、有的能讓蒼蠅唱出夜鶯一樣好聽的歌，還有的能讓魚兒在天空飛翔……國王問：「你有專治壞脾氣的魔藥嗎？」那人點點頭，背起藥箱去見公主了。

　　不一會兒，藥箱、長頸瓶和做魔藥的人一齊被扔了出來，掉在花園裏，九十九個長頸瓶都碎了，花園頓時陷入了魔法的瘋狂中。——直到一百年後，宮裏的人還在談論這一天的奇景。

　　國內最好的保姆來了，她曾制服過三百個愛哭的小女孩、三百零一個喜歡用彈弓打人的小男孩，以及一隻愛燒房子的惡龍寶寶。國王對她很有信心，但是保姆去見公主兩分鐘之後，就堅決地離開了王宮，說什麼都不肯回去。

　　接下來，再也沒有人自告奮勇為公主治病了。國王咬了咬牙，把賞金提高到五千金幣，終於有人來了。這個人相貌平平、裝束平平，不像是有厲害本事的人。國王問他：

「你準備怎麼做？」

「我需要您的協助，國王陛下。」那人鞠躬道，「請您給我三件公主最心愛的東西。」

國王答應了。他讓人將公主最喜歡的一尊瓷娃、一個水晶髮夾和一隻小貓帶來，那人將它們分別裝進三個被粗糙釘起來的小木箱裏，帶去見公主。

「公主，我帶來三樣東西，保證您喜歡。請您輕輕打開箱子觀看。」但公主偏不聽他的，抓起一隻小木箱摔到牆上，箱子碎了，瓷娃也碎了。公主驚訝地望着那一地碎片，心疼極了。

「沒關係，沒關係，還有兩個呢。」那人安慰道，公主拿起第二個小木箱，不敢隨手扔了，但還是不好好打開箱子，而是「啪」的一下扯開箱蓋。這下，釘子鬆動了，小木箱成了一堆散亂的木片，水晶髮夾也摔碎了。

公主嗚嗚地哭了起來。

「還有最後一個呢，公主。」那人輕聲說。

公主這次聽話了，小心翼翼地打開木箱。啊，她的小貓正在裏面打呼嚕，一點事也沒有。公主抱住小貓，臉上掛着眼淚笑了。

從此以後，公主的脾氣果然好了起來，宮裏的人再也不用擔心突然飛來什麼東西砸到自己的頭了。

羨慕

　　小魚很羨慕青蛙會飛。從一片荷葉飛到另一片荷葉是多厲害的事情啊！有一天，青蛙在水面仰泳，小魚鼓起勇氣游上去問：「你能教我飛嗎？」

　　青蛙生氣地叫道：「你是在嘲笑我嗎？」

　　說着，青蛙就飛到湖岸上不見了。

總也倒不了的老屋

老屋已經活了一百多歲了，窗戶變成了黑窟窿，門板也破了洞。很久很久沒人在這裏住了。

「好了，我到了倒下的時候了！」老屋自言自語着，準備往旁邊倒去。

「等等，老屋！」小小的聲音在門前響起，「再過一個晚上，行嗎？今天晚上有暴風雨，我找不到一個安心睡覺的地方。」

老屋低頭看看，把老花的眼睛使勁往前湊：「哦，哦，是小貓啊。好吧，我就再站一個晚上。」

第二天，天晴了，小貓從門上的破洞跳出去：「謝謝老屋！」

老屋說：「再見！好了，我到了倒下的時候了！」

「等等，老屋！」小小的聲音在門前響起，「再過二十七天，行嗎？主人想拿走我的蛋，可是我想孵出自己的小雞，我找不到安心孵蛋的地方。」

老屋低頭看看，牆壁吱吱呀呀地響：「哦，哦，是老母雞啊。好吧，我就再站二十七天。」

二十七天後，老母雞從破窗戶裏撲簌簌地飛出來，九隻小雞從門板下面嘰嘰喳喳叫着鑽出來：「謝謝老屋！」

　　老屋說：「再見！好了，我到了倒下的時候了！」

　　「等等，老屋！」小小的聲音在門前響起，「再過一個冬天，行嗎？外面有兇惡的獵人，想把我的皮圍在他的脖子上，我找不到一個安心冬眠的地方。」

　　老屋低頭看看，屋頂的灰嘩啦啦地往下掉：「哦，哦，是小熊啊。好吧，我就再站一個冬天。」

　　牆角的小草發芽時，小熊搖搖晃晃地爬出來：「謝謝老屋！」

　　老屋說：「再見！好了，我到了倒下的時候了！」

　　「等等，老屋！」一個小極了的聲音在門前響起，不注意根本聽不到，「請再站一會兒吧，我肚子好餓好餓，外面的樹叢被砍光了，我找不到一個安心織網的地方。」

　　老屋低頭看看，煙囪呼隆呼隆地響：「哦，哦，是小蜘蛛啊。好吧，我就再站一會兒。」

　　小蜘蛛飛快地爬進屋子，在屋樑上織了一張又大又漂亮的網。一隻蟲子撞到網上，小蜘蛛馬上爬過去吃掉了這頓美餐。

　　「小蜘蛛，你吃飽了嗎？」老屋問。

「沒有呢，沒有呢。」小蜘蛛一邊忙着補網，一邊回答：「老屋老屋，我給你講個故事吧！」

老屋想，這倒很有意思。於是老屋就開始聽小蜘蛛講故事。

小蜘蛛的故事一直沒有講完，因此，老屋到現在還站在那兒，邊曬太陽，邊聽小蜘蛛講故事呢。

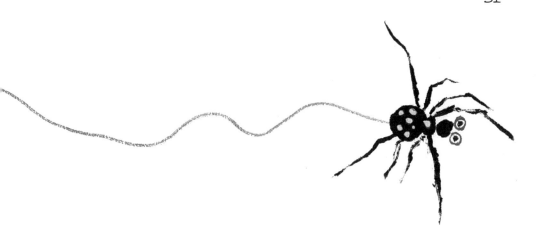

從早找到晚

　　小孩子在路上走丟了。他漫無目的地哭着、走着，一整天都找不到媽媽，卻遇到三個精靈。

　　「你為什麼哭啊？」第一個精靈問。

　　「為什麼你要哭啊？」第二個精靈問。

　　「哭什麼啊你？」第三個精靈問。

　　小孩子說：「我找不到媽媽了，你們能幫我找到她嗎？她穿着金色和綠色的裙子……」

　　三個精靈興致勃勃地點點頭，飛向不同的方向。

　　第一個精靈帶回一個媽媽，穿着綠底金花的裙子。

　　第二個精靈帶回一個媽媽，穿着金綠格子的裙子。

　　第三個精靈帶回一個媽媽，穿着一道金、一道綠的裙子。

　　「不是，她們都不是我的媽媽。」小孩子哭得更厲害了。

　　三個精靈有點慌張，以更快的速度飛向遠方。

　　第一個精靈帶回一個綠裙子金邊的媽媽。

　　第二個精靈帶回一個金裙子綠袖子的媽媽。

第三個精靈帶回一個金衣綠褲子的媽媽。

不對，不對，一個都不對。

精靈們奔忙了一個白天，累得呼嗤呼嗤地喘氣。

金帽子的媽媽，綠鞋子的媽媽。

金披肩的媽媽，綠腰帶的媽媽。

到最後，就連沒穿金色也沒穿綠色的媽媽，精靈們也全部帶回去，可以說，凡是附近的媽媽，都被找來了。

小孩子左看看，右看看，終於抱住了其中一個媽媽，高興地笑了。

媽媽道過謝，帶着孩子回家了，三個精靈擦着汗，互相說着話：

「這個媽媽，穿的明明是白裙子啊。」

「不，她穿的是金紅色的裙子。」

「錯了，那是夕陽在她白裙子上映照的光。」

第一個精靈恍然大悟地瞪大了眼睛：「我知道了！」

第二個精靈說：「她是早上弄丢孩子的！」

第三個精靈說：「沒錯。那個時候，她走在樹蔭下，朝陽剛剛出來，把她的白裙子映成了金色和綠色。」

解決了心中的疑問，三個精靈互相滿意地點點頭，飛向下一個夜晚。

第二輯

墨水屋

海妖

〜⋙⋘〜

　　海妖是海裏的妖怪，但是他怕水。

　　海妖一生下來就在水裏，對於這件事情，他無可奈何。出生的時候，眼看就要離開媽媽的身體進入海水了，他趕緊吐出一個泡泡包住自己，這才沒有被淹死。

　　以後的日子裏，海妖一直在大海上漂浮。他坐在自己的泡泡裏，覺得泡泡快破了，就趕緊再吐一個，鑽進去。這時候，他像是一隻透明蛋裏的透明蛋黃，用黑藍色的大眼睛靜靜地注視着海平面，一起一伏。

很長很長時間以後，海妖非常疲憊地睡着了。在此之前，他忘了吐一個新泡泡。

所以現在你再也無法在海中找到他了。

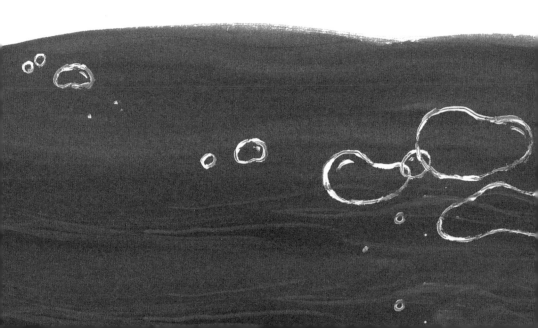

螞蟻平原

平原上到處都是螞蟻窩。這些螞蟻自在幸福地繁衍生息，互不打擾，就像生活在一個安定富饒的大國家。

但有一天，幾隻食蟻獸闖進了平原。沒有任何預兆，一夜之間，平原上大大小小的螞蟻窩幾乎盡毀，只剩下東、西、南三處最大最老的蟻窩。

東邊的螞蟻一向好武，呼呼喝喝地武裝起來，揮舞着草棍和松針，潮水般湧出洞口，迎面撞上了食蟻獸。僅僅一會兒工夫，食蟻獸們就挺着肚皮走了，身後的戰場一乾二淨。

西邊的螞蟻最為有力的武器是蟻酸。蟻羣緊張地上下爬動，在巢穴外面鋪上了厚厚一層酸液。食蟻獸們來了，剛伸出一隻爪子，就被酸液燒得嘩嘩亂叫，不敢靠近。但是太陽出來以後，酸液很快被烤乾，洞裏的螞蟻也餓得有氣無力，再也吐不出多餘的武器了。食蟻獸們拍開蟻穴，掏空了它。

南邊的蟻后憂心忡忡，望着她的子民，下了第一道命令：

「到平原上去！」

螞蟻們疑慮重重、戰戰兢兢地爬出蟻穴，來到無遮無攔的平原上。四周靜悄悄的，往日的沙沙聲全都消失了。

「挖一個洞，剛好可以讓我躺下的洞。」蟻后下了第二道命令。

螞蟻們挖好洞後，蟻后躺了進去，又下了第三道命令：

「全體爬到洞裏，站在我身上。孩子們，一直往上堆，堆出樹幹，堆出枝條，堆出葉片。記住，你們不是螞蟻，你們是一棵樹。」

螞蟻們不知道怎樣假裝成樹。此時的風中颳來可怕的腥氣，地平線上模糊地映出幾個碩大圓實的黑影來。螞蟻們頓時緊張起來，瑟瑟地迅速爬到一起，腳踩着腳，頭抵着頭，合抱成一棵黑灰色的小樹。蟻羣的顏色逐漸變成樹皮、樹葉的顏色，蟻羣的氣味變成樹的氣味，蟻羣的血流在一起，變成樹心裏汩汩流淌的水分。這棵樹瑟瑟地站在平原上，隨風搖晃，敵人越來越近，鱗甲和皮毛低低擦過螞蟻們融為一體的身軀。

食蟻獸們飢腸轆轆地走了過去，頭也不回地走出了寂靜的平原。

亂走的鐘

　　鐘是一種調皮的東西，很喜歡亂走，走到各種奇奇怪怪的地方去。比如貓的背上啊、蘑菇底下等等。這樣一來，人看時間就很不方便了。所以在做重要事情之前，人們總要捉住一個鐘，鎖在家裏的壁爐上。

　　可是，鐘有三條腿，人只有兩條，人老是追不上鐘。怎麼辦呢？人就想了一個壞主意，在鐘睡覺的時候往人家洞口埋捕鼠夾。鐘一大早醒來跑出洞口，「咔嚓」一下，一條腿被夾斷了，變得又短又粗；一條腿被夾扁了，變得又細又尖。這下，人可以輕輕鬆鬆地逮到一個鐘了。

　　不久以後，所有的鐘都被鎖在了壁爐上、牆上、桌上和手腕上，再也不能亂走了，只好在原地拖着咯吱作響的壞腿，慢慢轉着圈：嘀嗒、嘀嗒、嘀嗒……

墨水屋

地上有一個很大的墨水瓶子，黑色的，沒有蓋子。過了很長很長一段時間，從裏面爬出一個小人兒，黑色的身體、黑色的眼睛。

小人兒在地上跑來跑去，覺得很無聊，決定到外面的世界看看。可他摸過的所有東西都沾上了黑黑的墨水漬，人家一點都不歡迎他。小人兒垂頭喪氣地回到原處，對着墨水瓶裏喊了幾聲，一個女小人兒濕淋淋地爬了出來。

小人兒立刻和女小人兒結婚了。他倆很幸福，無論需要什麼，都可以從墨水瓶裏拿到。鍋、碗、瓢、盆、桌、椅、牀、櫃。後來，他們需要有孩子了，十七個墨水寶寶從瓶口哇哇哭着掉了下來。

這時候，墨水瓶幾乎已經空了。小人兒很擔心，因為他們什麼都有，就是沒有房子，要是下一場雨，這些東西包括他的妻子、孩子全都得完蛋。於是他用最後一點墨水做了把黑鋸子，在空墨水瓶上開了道門，再把門板抬到瓶口，做成一個很好的屋頂。

雨季來臨之前，小人兒全家和他們的家當安全地搬進

了大大的墨水瓶。沒有人不感到稱心如意，除了一個被落
在瓶外的墨水寶寶。

城堡的兒女

　　很久很久以前，大地陸續為自己置辦了很多衣飾。寶藍色的長裙、綠色的披肩、褐色的絲巾，水一樣柔順、羽葉一樣輕盈、金石一樣堅挺地披在大地身上，所有的星星看到，都羨慕極了。

　　但是，大地的形體有些豐腴，那些漂亮的東西，要麼撐裂了口子，要麼繃得難以忍受。因此，大地需要另一些東西。她買了橋樑來固定河流，買了礁石來固定海浪，買了藤蔓來固定森林，買了天使來固定天堂。

　　最後，她買了一座城堡別在最喜愛的絲巾上。綠絲巾中長滿了高大的松樹。城堡住在裏頭，靜悄悄的。

　　「要是我有同類該多好啊。」城堡日復一日地想着，眨着金色的眼睛。真的，不久之後，城堡生出了很多漂亮的孩子，小小的、精緻的、可愛的，在樹下的草叢中發着光。城堡很幸福。

　　後來，大地感覺自己的裝扮太古板了，缺少活力，於是又買了一些人類。

　　人類住在城堡裏，漸漸肚子餓了，便出門去找吃的。

他們將城堡的兒女裝在籃子裏帶回去，做了一頓美味的
蘑菇湯。

貼紙

兔子在路上撿到一張貼紙，綠底紅字，寫着圓圓的兩個字：「西瓜」。兔子把貼紙貼在額頭上，一蹦一跳地去找朋友玩。他敲開食蟻獸家的門，食蟻獸探頭出來一看：「哦，一個西瓜。」他對西瓜沒有興趣，急着回去泡茶招待等會要來訪的兔子，於是砰地把門關上了。

兔子感到很奇怪，也很生氣：「這是什麼待客之道嘛！」他氣呼呼地離開，為了讓心情變得好一點，徑直去了蘿蔔田。

田地裏的蘿蔔每天都在擔驚受怕，時刻準備着被蟲子咬、被兔子吃，最大的噩夢是在沒有成熟之前淒慘地變成千瘡百孔的蘿蔔乾。但是今天見到兔子過來，所有的蘿蔔都鬆了一口氣：不是兔子，是一個西瓜啊。

於是，蘿蔔們興高采烈地向兔子打招呼：「天氣怎麼樣？來的路上辛苦吧？有沒有人打你的主意？」

兔子困惑了。他從未見過如此熱情的蘿蔔，這一點都不正常。兔子不知道該如何回答，也根本不好意思吃任何一根蘿蔔，從田地裏慢吞吞地穿過去，找了個藉口告辭了。

被遺棄的孩子

　　世界上有很多奇異的樹。你一定聽說過青鳥樹，青鳥樹每年冬天開花，春天結果，果實被第一場春雨孵化成青鳥，飛向召喚希望的國度。

　　青鳥樹的種子是被遺棄的鳥蛋。有些新當媽媽的鳥兒，不知道生蛋是怎麼回事，很害怕，就會把蛋推出鳥巢，扔到地上。有幸沒有摔碎也沒有被動物吃掉的鳥蛋，會靜靜地躺在泥土裏，九十九天發芽，九十九天長大。

　　還是小樹苗的時候，青鳥樹的枝幹像蛋殼一樣脆弱，一不小心就會折斷。終於長成參天大樹以後，所有的葉片都像翅膀一樣迎風飛舞，準備孕育花朵和果實。

　　所以，青鳥最願意親近的，是那些被遺棄的孩子。

尋找遠方的星星

星星是一羣愛看熱鬧的傢伙。

每當夜晚降臨，星星就急切地擠到最好的觀察位置，使勁眨着眼睛，想看清地面上發生了什麼新鮮事。人間的故事迷人而曲折，如果一個悲劇讓太多星星看得哭起來，那麼第二天，某個地方就會下雨。很久很久以前，因為一個巨大的悲劇，整個天空的星星都哭個不停，結果引發洪水，淹沒了所有的陸地，只有一家人和一羣動物坐在一艘大船上，僥倖活了下來。從此星星不敢輕易哭泣。

只是有時候，星星實在看得太激動，奮不顧身地跳下去，要去改變一個人的命運——但星星都不太擅長瞄準，很容易跳到離目的地很遠的地方。

這就是為什麼很多人在出生以後，總是嚮往着不知名的遠方，想念着遠方陌生的人。他們不停地走過很多地方，不知道自己在尋找什麼，但天上的星星——他們從前的朋友都知道。在夜裏，星星從不說話，只是靜靜地、關切地看着那些人，看他們的人生旅途中不斷發生的新故事。

在玫瑰眼裏

꧁꧂

在玫瑰眼裏，人類每一個都是好看的。每天玫瑰都能見識到各種各樣的人。人類的千姿百態，常常讓玫瑰吃驚地議論起來：

「那個人的顏色多美啊，像朝霞一樣紅潤明亮。」

「哦，那個女人差不多要枯萎了……看，她的眼中還含着露水呢！」

玫瑰大多喜歡色澤溫暖的人，白如冰雪的也很不錯。偶爾會有漆黑、深褐色的品種路過，往往引得一叢玫瑰睜大了眼睛，欣賞這夜晚般的美景。

每朵玫瑰都聽過藍血人的傳說。那是一種膚色透藍的人，據說看一眼他們，就能給玫瑰帶來好運。

果子燈

　　每個果子都是一盞燈。

　　有的樹在初秋掛起燈，有的心急，在夏天就早早掛上了。但此時還用不上燈。樹一聲不吭，用葉子遮掩着忙碌。那些燈還沒完全打理好，皺巴毛糙，沒人拿正眼去看。一些年輕的燈不耐煩地搖晃着抱怨，樹一聲不吭，掛了足夠多的果子，就停下來靜靜養神。

　　過數十天或幾個月，果子心中的鬱悶和不滿越來越多，身體變得肥厚臃腫，長出令人惱火的斑點，擁擠吵鬧，嘟嘟囔囔，有的責備風，有的責備太陽。樹一聲不吭，感受泥土中逐漸加深的寒意。樹比果子更清楚，一年一次的浩劫即將來臨。

　　那天終於來了。樹林中沸騰的氣氛醞釀到頂點，顯得有些狂熱。一小部分果子承受不住全世界的吵鬧，再也抓不住樹枝，落進腐土之中。其他果子繼續擁擠和爭吵。此時，寒風狂吼而至，身後席捲着尚未完全來臨的霜雪大軍。果子終於安靜下來，驚恐不安地在枝頭顫動。

　　樹開口了：「亮起燈來，孩子們，亮起燈來！」

只有幾個果子聽懂了，努力平靜下來，漸漸變得紅潤光亮。越來越多的果子燈靜默了，綻放出溫暖甜香的光芒。

　　人們循光而來。鳥獸也來了，各自銜起果子燈，往自己的巢穴趕去。他們離開後，風雪淹沒了整座樹林。

　　而那些四散的燈，將照亮黑暗冰冷的巢穴，直至春天。

第三輯

做客須知

58

做客須知

~~~>>>>> <<<<<~~~

　　去岩石巨人家做客，不要喝他們的飲料，你的胃沒法消化岩漿。

　　去山鷹家做客，不要吃山鷹媽媽最拿手的蛇皮布丁，她偏愛毒蛇，越毒越覺得好吃。

　　去老鼠家做客，不要吃任何一樣食品，因為可憐的老

鼠並不知道，他找回來的食物是否被下了老鼠藥。帶些新鮮的芝士給他吧。

去櫥櫃家做客，不要帶任何食品，否則自尊心很強的櫥櫃會讓你吃下一櫃子的麵包、火腿、餡餅和蘋果，好叫你下次別看不起他。

去穿山甲家做客，你吃不到什麼東西——他向來是出門尋找白蟻窩的。不過這也沒關係，你不太喜歡吃活白蟻，我想。

去螢火蟲家做客，不要喝他端上來的月光露，否則你的屁股會沒完沒了地發光。

去刺蝟家做客，不要穿果實圖案的衣服，他們會忍不住在你身上滾來滾去，試圖扎起果實運進食品儲藏室。

去人類家做客，要禮貌地問候叔叔阿姨，輕手輕腳，不打翻東西，不在地板上留下腳印，不偷偷帶他們的孩子去奇幻之境玩到天黑都不回家……

嗯，這樣，你差不多就是個合格的客人了。

打結

　　用鐵柵欄在屋子外面打結，屋裏的人就沒辦法邀請外面的人來做客了。煙囱斷斷續續地吐着孤獨的煙團，收音機發出磕磕絆絆的聲響。

　　用海鷗在海上打結，紮起一束束浪花獻給太陽。

　　用樹葉在陽光上打結，地上生出一隻隻閃亮的蝴蝶。

　　用蘑菇在草地上打結，踏過的動物吃一口，說一句話。

　　用星星在天空中打結，結成一張星網，攔着月亮不讓回家。

　　這樣，我就可以繼續做夢了。

出行

人類駕着車子、坐着輪船、開着飛機出行。

貓、狗和公牛靠四足出行。

鷹、隼和鴿子靠翅膀出行。

魚兒靠水出行。

蛇呢？你知道蛇靠什麼出行嗎？

蛇常常靠螞蟻出行。每一條蛇都有一羣螞蟻奴隸，他們抬着蛇到處跑，而你根本看不出蛇是怎麼爬來爬去的。

蚊子靠什麼出行？

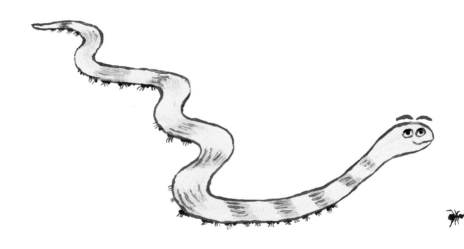

蚊子常常靠蜘蛛絲出行。你應該遇見過那種懸在空中看不見卻總是黏到皮膚和頭髮上的蜘蛛絲。是的，蚊子飛累的時候，就乘着蜘蛛絲滑行。

　　當然，要掌控好方向，免得一不小心，直接滑到蜘蛛面前。

　　鱷魚靠什麼出行？

　　鱷魚常常靠舌頭出行，舌頭會拽着鱷魚往前跑。有時候舌頭游得太快了，鱷魚只好張着嘴巴在後面追。所以你看，張着嘴的鱷魚都沒有舌頭。

人種

〜〜〜〜〜

　　人類有很多種，孩子，你千萬別把他們弄混了。不同的人要使用不同的方式去對待。現在，我先講講他們的不同特徵。

　　如果你遇到一個人，滿面皺紋像乾枯的果皮，鬚髮稀少像死去的土地，聲音虛弱像飢餓的鳥兒，那麼他屬於老人一族。老人須要輕拿輕放，用柔軟或流質的食物餵養。其他種族的人有時候會忽視老人的存在，曾經因為缺吃少穿，大量遺棄他們。

　　如果你遇到一個人，身材短小像低矮的樹籬，眼睛烏亮像磨好的玉石，性情好奇像初生的小馬，那麼他屬於孩子一族。孩子須要用大量新事物來餵養，讓他們有進化的機會。每個孩子都代表着一種未來的可能性，其他種族的人曾經因為貪婪而大量捕捉孩子，互相售賣。

　　如果你遇到一個人，她行動遲緩像雨天的烏雲，身材飽滿像熟透的梨子，神色溫柔像秋天的樹葉，那麼她屬於孕婦一族。孕婦比老人更須要輕拿輕放，因為她體內寄生着尚未出世的孩子一族。孩子在孕婦肚腹內坦然地沉睡生

長，有些孕婦會因為承受過重的負擔，變成另一個更強大
或更易受損的種族……

　　你看，區分人種，不是那麼困難的事情。

告訴你們一些秘密（1）

⋙⋙ ⋘⋘

月亮上沒有兔子。

——兔子早就搬走了，因為月亮上的人很討厭，從來不種蘿蔔，只種桂花。

奶茶不是用牛奶和茶葉泡出來的。

——西藏有個牧場，專門養奶茶牛。這種牛甜甜香香的，有米白色的柔軟皮毛。一頭奶茶牛一天產兩桶奶茶。

沒有哪隻蝴蝶結上有真的蝴蝶。

——因為做蝴蝶結的人很笨，抓不到蝴蝶，但他又要掙錢吃飯，只好做假蝴蝶結。（想要真蝴蝶的話，趁着春天自己捉吧！）

我講的故事都不是真的。

——其他書有沒有撒謊，也很好分辨。你太容易看到它們的心裏話了，只要動手翻一翻。

告訴你們一些秘密（2）

　　蝸牛其實是濕軟了的曲奇餅乾，喜歡待在牛奶裏。如果一隻蝸牛剛剛泡過牛奶，就會在爬過的地方留下亮晶晶的黏液。

　　如果你吃完飯後在碗底黏一粒米飯，飯糰精靈可能會在睡前給你送來一顆美味的溏心飯糰。

　　酒瓶的瓶頸通常都細細的，那是為了防止你家的小狗偷喝（小狗隻隻都是酒鬼）。但現在已經有聰明的小狗學會把酒倒在寬口杯裏喝了。

　　一種名叫開關小人兒的傢伙喜歡在開關上玩蹺蹺板。這就是你家電燈無緣無故閃動的原因。

　　雨滴是河流的種子，有堅硬的外殼，摔碎之後，裏面的種子才開始發芽，在大地上長出一條條小河。

　　如果你的大姆指可以向後扳到與手背垂直（甚至貼到手背上），說明你睡着以後最常去的夢境，是漆黑的蚯蚓夢。

告訴你們一些秘密（3）

獅子從來不用尾巴走路。

如果你抓住一隻蝗蟲，塞進空的礦泉水瓶，你養的花就會少開一朵。

當你看到彩虹時，住在彩虹底下的人正忙着把衣服收進屋裏，免得衣服被滴滴答答的彩虹染花。

每到夏天，就會有一種討厭的透明小蟲無聲無息地跟在我們身邊，見到我們打開一瓶冰飲料，就搶先跳進去大喝。這就是飲料在夏天總是少得特別快的原因。

雲朵偷懶時都喜歡跑到湖裏睡覺，從來沒有人覺得不

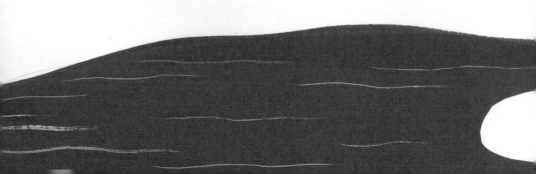

對勁。

　　色彩艷麗的蘑菇通常都是有毒的，這是常識。樓下路邊第五棵樹的樹根處，有一隻自作聰明的小蘑菇，為安全起見，也長成色彩豔麗的模樣，結果現在一個朋友也沒有，十分孤獨。

　　——你如果願意的話，能去看一眼嗎？

切割

　　切割師是一種很厲害的職業，即便是最劣等的切割師，也有人高價聘請去做事。他們切割一切東西：金屬、鑽石、土地、樹木⋯⋯技藝好的切割師甚至可以將美酒切割出令人驚異的形狀，放在宴會上供大家觀賞娛樂。

　　有些切割師善於切割人體。他們可以將生病的組織和健康的部分精巧地分離，不傷害任何一個細胞。技藝高超的切割師可以將痛苦的記憶從過去中切割下來，扔進垃圾箱，甚至直接將患病的時間從整個生命裏切除，這樣人們就可以直接享受病癒的歡樂，或毫無痛苦地徹底解脫。

　　僅有很少的切割師致力於切割語言、文字或別的什麼輕飄飄的東西。人們對廢話、髒話、侮辱和攻擊習以為常，沒人想聘請語言藝術切割師。他們徒勞無功地四處求職，最後只好賣掉工具，去超市買一袋臨近食用期限的半價切片麵包，帶回去給孩子吃。

第四輯

奇境選修課

地球餐

〰〰〰〰 〰〰〰〰

冥王星的人最近流行吃地球餐。過去很受歡迎的尊享熔點火星餐和限量冷凝水星餐，大家都漸漸膩煩了。冥王星美食協會建議大家準備野餐籃子向地球出發。周五傍晚，哈得斯先生也帶着妻子和孩子出了門。路過木星的時候，他們停下飛艇，砍了一棵木星松扔進後備箱繼續趕路。

好不容易到了地球，天已經黑了。哈得斯先生把飛艇停在半空中，打開艇前燈照向地面，尋找獵物。

「爸爸，我們去哪裏野餐？」六歲的小哈問。

「待會兒，親愛的。等我們抓到新鮮的人類，就去太陽那兒吃燒烤——你可以試着把木星松劈成一小塊一小塊的柴。哎呀，剛剛忘記在水星那兒取點冰塊了，太陽的溫度可不是鬧着玩的。」

「人類是什麼，好吃嗎？」小哈睜着六隻好奇的大眼睛問。

「呃，我沒吃過。」哈得斯先生有點不安地承認，「不過既然美食協會那麼推薦，應該不會差到哪兒去……」

「我要吃三個人。」小哈高興地說。

「那我要吃五個！」小哈的妹妹不甘示弱地甩着尾巴，打翻了奶瓶。

　　這時候，飛艇劇烈地搖晃起來，一家人驚慌失措。

　　「怎麼回事？」

　　「爸爸，我怕！」

　　「可惡，一定是撞到山了！」

　　與此同時，一個媽媽在公園裏找到了她貪玩的孩子。

　　「太不像話了，天黑了都不回家！」

　　孩子舉起拳頭給媽媽看，抱怨着：

　　「我等着天黑了捉螢火蟲呢，媽媽。這隻螢火蟲太硬了，把我的手弄得好痛。」

奇境選修課

我到教務處辦公室的時候，主任正在匆匆向外走。

「啊，你來了！抱歉，我得出門一趟，請稍候，老師馬上就到。」

我坐進樹藤椅，一隻貓頭鷹落到我的肩上，猛地扯掉我的領口紐扣，然後飛回架子上，興高采烈地觀察我的反應。當那個長得像馬鈴薯一樣的老師走進來時，我正在手忙腳亂地清理前襟上的貓頭鷹糞便。

「我是奇境選修課的老師。」他說。我向他問好，他專注地看了我一會兒，又開口道：「你是本學期唯一一名選修這門課的學生。」

我聳聳肩：「大概沒什麼人像我這樣有好奇心了吧。」

「你了解這門課嗎？」他緊接着問道。

「大概知道一些。」我回答，「您在十五年前開設了這門課，學生絡繹不絕，但第五年的時候一個學生出了意外，這門課被禁了很久，直到今年才重新開課。」

「一點也沒錯。」他驚訝地看我一眼，擤了擤鼻子，有些欣慰，「好吧。那麼，我們下周就開始上課。記住，

無論發生什麼事，都不要取下這個墜子，它可以使你隱形。當你遇到危險時，捏碎它，你就能夠返回現實世界。」

我答應了，他把一個橄欖形小墜子掛在我脖子上。

接下來的半個學期，我跟隨老師一次又一次去往各個不同的奇境，見識那裏的原住民。他們有的善良，有的殘忍，在旅途裏必須萬分小心，聽老師解說的同時，盡可能遠離他們的活動範圍。

終於有一天，我們進入合沙奇境。這裏是一片水下沙漠，清澈的水流在沙漠上平靜地躺着，四周一片死寂。

「這裏是最危險的地方！」老師警告說，「十年前的那個學生，就是在這裏被沙下的怪人抓住腳，拉了下去，再也沒有上來。」

我深吸一口氣，摘下墜子，扔進水裏。老師馬鈴薯芽一樣的小眼睛頓時睜大了。

「謝謝您，老師。這半年我們相處得很好，每天都很有趣，比我孤獨流浪的那十年好太多了。永別了，人間的人。」

我感受着沙子流過指縫和睫毛，熟悉又親切。當離開那個如遭雷劈、呆若木雞的人時，我暗暗告誡自己：

「再也不能像從前那樣有好奇心了！十年前從那個學

生身上扒下來的墜子，害我背井離鄉十年！合沙，我的家鄉！我終於回來了。」

夢境指南——沉船篇

如果你的兔子每天吃海草，就會生出一窩藍色的小海兔。

如果你允許小海兔睡在枕頭邊，你一定會夢到大海。

喜歡大海的人夢到的大海，
會比不喜歡大海的人夢到的大海有意思一百倍。
不喜歡大海的人只能夢見稀稀拉拉的小魚，
喜歡大海的人會夢見巨大的珊瑚羣，無數個島嶼，
不停說話的小魚羣和一條沉默的大魚。

每隻小海兔都會立刻跟沉默的大魚交上朋友，你只要跟在後面游就好了。

沉默的大魚會帶你們去找一艘沉船，沉船裏有無數金銀珠寶，但你只能在這裏賞玩，不能把任何一件珠寶帶回家去，否則沉船會帶着你一起沉入海底深淵。

沉船裏有三個房間。第一個房間裏放着船長日記，你可以讀一讀，大魚說裏面夾着藏寶圖，可惜自己不識字。第二個房間裏有個寶箱，你最好別去動它，因為誰也不知道裏面是寶貝還是詛咒。第三個房間裏有一張舒適的大牀，如果你累了，就爬到牀上，蓋好涼涼的被子睡一覺。當你醒來時，夢境就結束了。

夢境指南——風林篇

～～～～～

　　找一個大風日子，不要吃午飯。等到晚飯時間，站在你能找到的最高的地方。千萬不要喝冷風，否則會做噩夢，掉在飛滿風刃的刀山上，第二天醒來時渾身酸痛。要選擇温暖的風進餐，這天晚上你一定會在夢中前往風林。

　　風林裏的樹木都是透明的，風像冰棱一樣掛在枝頭。你很少能在這裏見到動物，只有一種名叫月蜂的小蟲子嗡嗡地飛來飛去，每到夜晚就一齊飛到空中，聚成一輪月亮。這時風林會變得十分寂靜，從月亮裏陸續走出一些人來，選擇他們喜歡的樹，將風採下來點燃，坐在透明的篝火旁彈琴歌唱。

　　天亮時，那些人將燒得軟軟的風從火堆裏扒出來，纏在身上，飛進月亮離開。如果你累了，就跟着他們一起走進月亮吧。當你穿過潔白的帷幕時，夢境就結束了。

夢境指南——獵手篇

想進入獵手的夢境是最簡單的事情。只要將一本動物百科全書（什麼版本的都行）和一把彈弓放在枕頭下就可以了。睡前不要吃太多東西，因為飯後不宜劇烈運動，獵手可是要跑很多路的。

獵手的夢因個人喜好而不同。有的人會夢見山林狩獵，有的人會夢見草原狩獵，有的人會夢見自己成為長翅膀的獵人，在追逐空中的鳥兒時，突然看到地上有人拉弓瞄準自己。

迄今為止最奇怪的獵手之夢，是一個老爺爺做的。二十歲的一個晚上，他在夢裏見到一頭明亮的月牙熊，醒來之後念念不忘。此後的五十年中，他每晚都堅持做同樣的夢，可他從來沒能捉住那頭熊。老爺爺臨終的那天晚

上，家人看見一頭明亮的月牙熊搖搖晃晃地走進屋裏，老爺爺的靈魂突然離開軀體去追逐。熊轉身就逃，老爺爺緊追不捨，他們一前一後跑進了夜空，再也沒有出現過。

X 先生日記——岩漿之旅

2020 年 3 月 10 日 星期二

　　從上車開始，侄子就不停地吵鬧，這次的岩漿之旅實在是讓他興奮過頭了。要說我心裏沒有一點激動是不可能的，畢竟那可是比滑雪更刺激、更高檔的活動，以後會是聚會中很好的話題。

　　兩個小時後，我們到了冒納羅亞火山。這座夏威夷羣

島上最大的活火山像一條沉睡的火龍，赤紅地躺在黑色大
地上，侄子看到它之後，立刻安靜了。想像和現實畢竟是
不一樣的，對他來說，這次旅行開始變得可怕起來。

　　買票之後，工作人員給我們每人一套隔熱服、一支火
撬和兩隻火鳥。火鳥很溫順，只是太燙了，我看到一根羽

毛掉到旁人的野餐籃上，頃刻間將籃子和裏面的三明治燒成了灰燼。

「一定要多加小心。」我叮囑侄子，他聽話地點點頭，套上隔熱服。我也套上了，頓時感覺熱死人的空氣離我遠去，彷彿重新置身於自由自在的涼風之中。我們來到滑道上，汩汩的岩漿正緩緩地在黑岩間流動。火鳥跳進岩漿，躍躍欲試地張開翅膀，我和侄子坐上火撬，腳碰到岩漿，即使穿着隔熱服，滾燙的刺痛感還是一絲絲傳來。我們連忙抬起腳，火鳥一聲輕鳴往前衝去，火撬被拉動了，在岩漿表面濺出赤紅的火粒來。我們在熱氣騰騰的火山道上急速滑行，簡直像要飛起來。這是我一生最妙的體驗。

但這比滑雪危險多了，萬一沒有抓好，掉在岩漿裏，那可不像掉在雪中，而是會直接沉入燃燒的地獄啊！

我想起之前填寫的意外事故保證書，那大概是我一生中最刺激的時刻，比在岩漿上呼呼滑行更刺激。下定決心做選擇總是最困難的。

──不過值得！

X 先生日記——下火天

2020 年 6 月 25 日 星期四

今天天氣實在是很熱，我想是時候下火了。

書房的門被推開，我的管家一臉不滿地走進來：「說下就下！這下好啦，門口已經被火堵住啦！天氣預報從來沒有準確過！……」

已經下火了嗎？我連忙拉開窗簾。真的，外面熱氣騰騰，玻璃窗一片模糊，什麼都看不清。我走進玄關，火花正不斷地從門縫下面飛進來，小狗汪汪叫着從廚房跑出來去咬它們，差點把自己的鼻尖熔化了。

我拉開大門，火花堵在門口，已經堆了有半個人高，我深一腳淺一腳地走出去，外面一片紅茫茫，好多小孩歡呼着在院子外面堆火人。

「瑞火兆豐年啊。」隔壁的老農夫出來打招呼，笑瞇瞇地對我說，「有了這場火，莊稼可以度過難熬的夏天了。」

靠天吃飯真不容易。我同情地看着他，閒聊幾句便回了屋。今天可以寫一篇火天的散文，投給愛刊登應景文章

的報紙。

　　我最後看了一眼屋外，第一場火，總是下得這麼美，讓人心中充滿了温暖。

X 先生日記——度假

꧁꧂

2020 年 8 月 8 日 星期六

　　早上六點鐘我就起牀了。想到接下來將有整整兩周的帶薪假期，我真是興奮到了極點。我匆匆喝完咖啡，換下睡衣，心中一直在想着我的計劃，以至於差點把錢包忘在家裏。每年的夏天，我都在盼望這個時候！

　　我按照那個人發給我的指示，坐車去海濱大道 111 號。他說會有人在那兒等我。果然，我一下車，就有一個年輕人走了過來，禮貌地確認身分後，帶我走進 111 號大樓，交給我一套衣服和一個寫着我名字的小牌子。「一定要把牌子別好。您知道該怎麼做吧？需要我陪同嗎？」他不放心地問。

　　「完全不用，謝謝！」我已經迫不及待了。等那個人帶我來到更衣室後，我立刻換好衣服，上樓，找到 9 號辦公室。那是個美好的小房間，乾淨、整潔，散發着舒適的氣息。

　　我坐到一個空位上，面前的辦公桌上堆滿了雪白的文件。我滿意地搓搓手，開始處理它們。

　　真是令人享受的假期啊！

X 先生日記——天上下着貓和狗

2020 年 10 月 32 日 星期八

「雨還沒停嗎？」我憂心地翻着雜誌，一個字都看不進去。

「看樣子還得下一會兒。」管家瞥了一眼窗外，繼續往桌上擺着甜點和茶杯。外面劈里啪啦的聲音一點都沒有變小。「老實說，先生，我不認為有哪個朋友會在這種天氣來喝下午茶。」

等着看吧。我還沒說話，門鈴就響了。

一個朋友進了門，高興地衝我揮手。他抖了抖雨傘，兩隻小貓掉下來，溜出門去了。

「今天下的貓特別多。」他說，「這樣比較好，我不喜歡愛流口水的狗，總是讓人渾身濕透。」

「噢，我覺得狗很多！」另一個朋友氣呼呼地到了，他的肩膀和褲管都濕了，一條大黃狗蹲在他的傘上，戀戀不捨地舔了一下他的腦袋才跳下來。

「十月份的雨天太多了。」

我們坐在窗邊，看着天上不斷下着貓和狗，劈里啪啦

劈里啪啦。

「是的，不過雨季很快就要過去了。」朋友回答。

雨天在家聚會的感覺也很不錯。我遺憾地想，等到貓叫狗叫再也聽不到的時候，就要到漫長而寂靜的秋天了。

10 分鐘短篇故事集
我講的故事都是真的？

作　　者：慈琪
繪　　圖：王笑笑
責任編輯：林可欣
美術設計：張思婷
出　　版：新雅文化事業有限公司
　　　　　香港英皇道 499 號北角工業大廈 18 樓
　　　　　電話：(852) 2138 7998
　　　　　傳真：(852) 2597 4003
　　　　　網址：http://www.sunya.com.hk
　　　　　電郵：marketing@sunya.com.hk
發　　行：香港聯合書刊物流有限公司
　　　　　香港荃灣德士古道 220-248 號荃灣工業中心 16 樓
　　　　　電話：(852) 2150 2100
　　　　　傳真：(852) 2407 3062
　　　　　電郵：info@suplogistics.com.hk
印　　刷：中華商務彩色印刷有限公司
　　　　　香港新界大埔汀麗路 36 號
版　　次：二〇二一年八月初版

ISBN: 978-962-08-7841-1
Traditional Chinese edition © 2021 Sun Ya Publications (HK) Ltd.
18/F, North Point Industrial Building, 499 King's Road, Hong Kong
Published in Hong Kong, China
Printed in China